그 여자 이야기

최보윤

우주먼지

글과무대
희곡집 시리즈 03

최보영

동덕여자대학교 문예창작과 졸업
한국예술종합학교 연극원 극작과 예술전문사 졸업

2012 CJ Creative minds 연극 부문 선정
2014 부산일보 신춘문예 희곡 부문 당선

극작
연극 <채상하나씨>, <드라마>, <산행> 등

공동창작
연극 <우리는 처음 만났거나 너무 오래 알았다>
연극 <이것은 실존과 생존과 이기에 대한 이야기>

각색
연극 <궁극의 맛>

그 여자 이야기

작. 최보영

등장인물

주성연   여/ 35살→36살
오기윤   남/ 19살→20살
김주민   남/ 36살→37살

극이 전개됨에 따라 1년의 세월이 흐르고 등장인물들의 나이도 변한다.

배경

주요 공간은 주성연의 아파트.
그 외 오기윤의 집, 실외의 어느 곳 등이다.

사실적 상상을 기반으로 배경을 설정하였으나, 무대 위에서 그대로 구현될 필요는 없다.

성연의 집.
성연이 박스 하나를 들고 들어온다.
뒤이어 주민도 들어온다.
성연은 머리에 흰 리본을 하고 있다.

성연 (주민에게) 고마워.
주민 고생했어.
성연 그나저나 직업 특강 미뤄져서 어떡해.
주민 (대수롭지 않다는 듯) 다음에 시간 다시 맞으면 한번 해드려. 그럼 돼.
성연 (그럼에도 다시 확인) 아버님껜 내가 전화해서 사과라도 드려야겠지? 나에 대해 뭐라고 안 하셨어? 약속도 안 지킨다구 안 그러셨나 해서.
주민 상중인 사람한테 뭘.

주민, 소파에 앉는다.
성연, 리본을 빼고
박스를 열어본다.

주민 병원에서 가지고 온 거?
성연 응. 별거 없어. 손톱깎이, 휴지, 칫솔, 비누, 수건.
주민 이따 보고, (옆자릴 툭툭) 와서 좀 앉아.
성연 울 아빠도 고생하셨지. 홀아비로 평생.

성연, 그 안에서 지갑 하나를 꺼낸다.

주민　　내 옆으로 오라니까. 좀 붙어 좀 있자.

주민, 성연을 끌어당겨 자신의 옆에 앉히고
성연의 어깨를 끌어안는다.
성연은 지갑을 열어본다.
지갑 안에는 몇 만원이 들어 있고,
신분증과 오래된 명함들 사이에서
종이에 싸인 뭔가가 나온다.

주민　　뭐야?
성연　　글쎄.

성연, 열어본다.
어린 아이의 증명사진.

성연　　사진이네.
주민　　남자애네. 오빠야? 돌아가셨다는 너희 오빠.
성연　　아니. 오빠 사진 아닌데.

성연, 사진 뒤를 본다.
아무 것도 안 적혀 있다.

주민　　아는 사람이야?
성연　　아니. 누구지?

성연, 사진이 들어 있던 종이를 펴본다.

성연 주소가 있어. 성남시 수정구 신흥동…
주민 오은주. 아는 이름이야?

성연, 다시 지갑에 사진을 넣는다.

주민 누군데?
성연 그 여자.

기윤의 집 앞.
벨을 누를까 말까 고민하는 성연.
그때 기윤이 나온다.
손에는 온갖 오물이 담긴 쓰레기들, 재활용품 등이 들려 있다.
재활용품 몇 개가 굴러가고, 다시 줍는 기윤.
허리를 굽혔다 펴는 동작에서 고단함이 느껴진다.

기윤　　(깊은 한숨)

성연을 힐끔 본다.
잠시 눈 마주치는 두 사람.
기윤, 쓰레기를 버리러 간다.
성연, 난간 아래를 내려다보며 기윤이 쓰레기 버리는 걸 본다.
이때, 쏴아하며 소나기 내리는 소리.

성연　　(하늘을 보며) 어?

성연이 난간 아래에서 시선을 거두면
곧 빈손으로 돌아오는 기윤의 모습.
머리칼의 물기를 털어내며 다시 현관문을 열려다가
뒤돌아 성연을 본다.

기윤　　누구세요?
성연　　?

기윤   누구시냐구요.

성연, 기윤을 빤히 본다.

기윤   누구 찾아오신 거예요?
성연   오은주…씨 댁 아닌가요?
기윤   … 엄마랑 아세요?
성연   … 아들이에요?
기윤   (경계하며) 어떻게 아시는데요?
성연   전에… 과외… (멈칫하곤 즉흥적으로 거짓말) 제 선생님이었어요.
기윤   (표정이 바뀐다) 우리 엄마 제자예요?
성연   네.
기윤   (환해진다) 정말요?
성연   엄마는… (문 쪽을 바라보면)
기윤   엄마한테 들은 적 있어요. 예전에 학생들을 가르쳤다고. 엄마 안에 계세요, 들어오세요.

- 3 -

성연의 집.
주민과 성연이 소파에 누워 있다.

주민   그래서?

성연   그냥 슬쩍 보고만 왔어. 그 여잔 날 못 알아보더라구. 쓰러진 뒤론 쭉 그렇대. 말도 못하고 눈만 껌벅거리는 수준이야.

주민   그럼 걔가 누군지 이야기도 못 했겠네.

성연   오기윤?

주민   이름이 오기윤이야?

성연   응. 첨엔 그 집에서 어떤 남자가 나오길래, 주소가 바뀐 줄 알았는데… 사진 속 애가 그렇게 큰 거였어.

주민   걔한텐 네가 누구라고 했어?

성연   그냥 엄마 제자라고 했어. 명함도 한 장 줬고.

주민   믿어?

성연   응. 엄마한테 옛날 이야기 많이 들었대.

주민   닮았어?

성연   오빠랑? 글쎄… 안 닮은 거 같아.

주민   오빠 그렇게 되신 게 몇 연도라고?

성연   내가 이미 계산해봤어. 가능성이 없는 건 아니야.

주민   그 여자 그때 유부녀였다고 하지 않았어.

성연   맞아. 그러니까 더 헷갈려.

주민   자기 남편 아이니까 낳았겠지.

성연   그렇겠지?

주민 어차피 확인할 방법도 없잖아. 성별 다르면 검사 어렵다며. 아버지도 돌아가셨고. 잊어버려.
성연 근데 도와주고 싶어. 학교도 그만두고 엄마 보살핀다고 하더라고. 간병인 서비스도 연계해주고, 검정고시도 볼 수 있게 해주고 싶어.
주민 에이. 자기가 무슨 사이라고 그래.
성연 걔가 누구든. 내가 하는 일이잖아, 그런 일이.
주민 내 생각엔 멀리하는 게 좋을 거 같아.
성연 …
주민 솔직히 어떤 앤 줄 알아. 안 그래? 더러운 피잖아. 그 여자랑 네 오빠 관계의 시작부터가.
성연 더러운 건 그 여자지, 우리 오빠가 아니라.
주민 어쨌든. 어떤 애일지 겁도 안 나?

이때, 성연에게 전화가 온다.

성연 그 애야. 오기윤.
주민 받지 마.

성연, 전화를 받는다.

- 4 -

기윤의 집.
성연이 기윤의 집에 앉아 책을 읽고 있다.
오은주의 방 안에서 끄응 앓는 소리가 난다.
성연이 방문을 열어본다.

성연 물?

성연, 들어간다.
안에서 들리는 성연의 말소리.

성연 (평이한 목소리) 자 마셔요. 저 알아보겠어요? 오빠애 아니죠? 오빠 죽은 거 들었을 거 아녜요. 그때 그 거… 진심 아니었잖아요. (사이) 아니었죠? 그쵸? 맞으면 눈 깜박여볼래요? (목소리 다소 격앙된다) 내 말 들려요? 들리긴 들리냐구요.

이때, 기윤이 들어온다.

기윤 선생님?

성연이 인기척을 느끼고 나온다.

성연 엄마 물 좀 드리느라.
기윤 감사해요.

성연 모의고사 결과는 언제 나온대?

기윤 다음 주요. 점수 나오면 알려드릴까요?

성연 그래.

기윤 엄마랑 이야기도 좀 했어요?

성연 어?

기윤 말소리 들리던 거 같아서.

성연 응.

기윤 별 반응 없죠?

성연 응.

기윤 아, 엄마랑 언제부터 아셨다고 했죠? 쌤 중학교 때? 고등학교 때? 혹시 우리 아빠도 알아요? 만난 적 있어요?

성연 어?

기윤 저희 아빠요. 저 태어나기 전에 돌아가셨다고 했는데, 혹시 본 적 없어요?

성연 아빠?

기윤 네.

성연 몰라, 난.

기윤 전혀 아는 거 없어요?

성연 응.

기윤 엄마가 엄청 잘 생겼고, 엄청 아름답고, 엄청 멋진 사람이었다고 그랬는데. … 그럼 엄만요? 엄만 어땠어요?

성연 … 네 아빠에 대해 그렇게 말했어?

기윤 네. 혹시 엄마에 대해 기억나는 에피소드 같은 거 있어요? 전 엄마의 두 가지 모습밖에 모르거든요. 슬퍼하는 모습, 기뻐하는 모습. 사람들이 그러는데, 여자

혼자 아이를 키우느라 변했을 거래요. 내가 태어나기 전엔 어땠어요?

성연 … 너무 오래돼서 잘…… 엄마가 아빠에 대해 자주 이야기했니?

기윤 자주? 음… 가끔요.

성연 아빤… 어쩌다 돌아가셨대?

기윤 교통사고 났대요.

성연 … 아빠 사진 같은 건 없어? 혹시 기억이 날까 싶어서.

기윤 없어요. 이사 올 때 잃어버렸대요.

성연 … 잃어버렸다고?

기윤 (해맑게) 네.

성연, 기윤의 얼굴을 바라본다.
그 얼굴에서 오빠의 얼굴을 찾듯
눈썹, 눈, 코, 입, 턱에 시선이 머문다.
그런 성연의 의도는 알지 못한 채
기윤은 자신을 바라보는 성연의 눈길을 받는다.
그러다 눈이 마주치고, 어색해지는 두 사람 사이의 공기.

성연 어… 이만 가야겠다.

기윤 가시게요?

성연 응.

기윤 좀만 더 있다가 가시면 안 돼요? 저 배고픈데. 밥 좀 같이 먹어주세요.

성연 아직 밥 못 먹었니?

기윤 네. 배고파요.

성연 냉장고에 뭐 있는데? 열어봐도 되니?
기윤 네.

성연, 열어본다.

성연 텅 비었는데.
기윤 저 맛있는 거 사주세요. 선생님.
성연 …

성연, 기윤을 바라본다.

기윤 네? 네? 같이 뭐 시켜 먹어요!

기윤, 성연의 손을 덥석 잡곤 배시시 웃는다.
이때, 방안에서 쿵 하는 소리와 오은주의 신음 소리가 들린다.
두 사람의 시선이 방 쪽으로 향한다.

성연의 집.

기윤   여기가 쌤 집이에요? 와, 궁금하다.

성연과 기윤, 짐을 들고 등장.
주민이 집에서 기다리고 있다가 이들과 마주한다.

기윤   안녕하세요.
주민   어서 와. 밖에 덥지.
성연   좀. 여긴 선생님 남자친구.
주민   약혼자.
기윤   안녕하세요.
주민   그래. 어머니 이야긴 들었어. 상심이 크겠다. 그래도 좋은 곳 가셨을 거야. 잘 이겨내 보자.
기윤   … 네.
주민   당분간 편하게 있고.
기윤   감사합니다.
성연   저기, 저 방에 네 짐 풀어.

성연이 문 하나를 가리킨다.
기윤이 성연이 가리킨 곳으로 들어간다.
주민이 성연을 못마땅하게 바라본다.
성연이 그 눈빛의 의미를 알아차린다.

성연 집을 비워줘야 한다잖아.
주민 도대체 무슨 생각이야. 쟤가 진짜 조카라고 생각하는 거야?
성연 오빠 눈엔 어때? 쟤랑 나 닮은 거 같아?
주민 안 닮았어. 피 한 방울도 안 섞인 사람들 같다고.
성연 우선 좀 추스를 때까지만 데리고 있자.
주민 외간 남자야.
성연 남자는 무슨 남자야.
주민 그럼 유전자 검사해 보자, 차라리. 내가 방법 찾아볼게.
성연 (주민의 냉정함을 나무라며 자신은 다르다는 듯) 동정심도 없어? 추스르고 거처 찾으면 알아서 나갈 거야.

이때 기윤이 나온다.

성연 (기윤에게) 짐 정리는?
기윤 천천히 하려고요. 근데 여기서 둘이 같이 사시는 거예요?
주민 (동시) 어.
성연 (동시) 아니.
기윤 …
주민 왔다 갔다 하니까. 결혼하면 우리 신혼집으로 쓸 거고.

기윤, 주뼛거리며 거실을 둘러본다.

기윤 (사진을 보고) 이거 선생님이에요?
성연 응.
기윤 몇 살 때예요? 귀엽다.
주민 (성연에게) 맥주 한 잔 할래?
성연 응, 한 캔만.
주민 넌 콜라 줄게.
기윤 저도 맥주 주세요.
주민 너 몇 살이지?
기윤 열아홉이요.
주민 그럼 되겠어, 안 되겠어?

주민, 맥주를 가지러 간 사이
성연과 기윤이 자리에 앉는다.

기윤 감사해요. 금방 방 구해서 나갈게요.
성연 (고개 끄덕) 너무 부담 갖진 말구 천천히 해.

주민이 나온다.
손에 맥주와 콜라.

기윤 저도 맥주 주세요.
주민 (콜라 주며) 자, 네 거다.
기윤 맥주 마셔도 괜찮아요.
성연 안 된다니까.

기윤, 하는 수 없이 콜라를 받지만
먹지 않고 내려놓는다.

주민   자… 이제 어떻게 지낼 계획이야? 아르바이트?
기윤   시험 얼마 안 남았으니까 공부하면서 아르바이트 하려고요.
주민   여러 가지 해보면 좋지. 그게 다 경험이고 자산이야. 미리 등록금도 모으고.
기윤   대학은 아직 생각 없어요.
성연   왜?
기윤   배우고 싶은 게 없어서요.
성연   배우고 싶은 게 왜 없어.
기윤   그냥 없는데.
주민   1년 열심히 아르바이트 하면 첫학기 등록금은 모이겠다. 가면 공부만 하나. 연애도 하고 CC도 하는 거고.
기윤   CC 좋아요?
주민   이제야 대학에 관심이 생기나보네. 연애도 대학 가서 배우는 거야. 사실 대학교는 공부보다도 연애 하고 싶어서 눈에 불을 켜고 있는 애들이 모여 있는 곳이지. 혼자라 외로울 테니까 일찍 짝 만나서 결혼하는 것도 나쁘지 않을 거고.
기윤   (고개 끄덕인다)
주민   넌 이상형이 누구야? 어떤 여자? 소개해줄게.
성연   괜히 애 바람 넣지 마.
주민   이제 혼자잖아. 이럴 때 누가 옆에 있어 줬음 하는 거라고. 참! 아빠에 대해 아는 건 없니?
성연   주민씨.
주민   왜 아무 말도 못 하게 하는 거야.
기윤   전 괜찮아요. 친아빠는 잘 몰라요.

주민   (떠보는) 아빠에 대해서 아예 아는 게 없어?
기윤   네. 저 태어나기 전에 사고로 돌아가셨대요.
주민   엄마가 그래?
성연   그만 물어. 처음 만났잖아.
기윤   진짜 괜찮아요. 평생 들어온 질문인데. 친아빤 어떤 사람이냐고.
주민   소개팅은 진짜 관심 있는 거지?

성연이 주민의 팔목을 슬쩍 잡는다.

기윤   네, 할게요.
주민   한다잖아. (신나서) 이상형이 뭐야? 연예인으로 치면?
기윤   연예인 보다… 저는 첫 느낌이 좋은 사람이요, 그리고 착하고, 예쁘면 더 좋고요.
주민   너무 막연한데.
기윤   구체적으로 말하면, 긴 머리에, 날씬하고, 쌍꺼풀은 없었으면 좋겠어요.
주민   (성연을 본다)
성연   …
주민   나이도 보나?
기윤   너무 많지만 않으면.
주민   생각나는 사람이 있긴 해. 우리 사무실에 현희씨라고. 아마 스무 살일 거야. 고등학교 졸업하고 바로 들어온 애라.
기윤   좋아요. 해주세요.
성연   정말 하고 싶은 거 맞지? 어른들이 하는 말이라고 모두 오케이 할 필요 없어.
기윤 형님이 해주시면, 좋은 사람일 거 같아요. 받을래요.
주민 형님?
기윤 형님이라고 불러도 돼요?
주민 허! 형님? 내가 너보다 스무 살 가까이 많아, 일찍 애를 낳았으면 너만 한-
기윤 아저씨라고 할까요?
주민 얌마, 형이라고 해. (어이가 없어 웃다가) 너 웃긴다.
기윤 네, 형님. 감사합니다.
주민 참나. 숙맥인 줄 알았더니. 현희씨랑 잘 어울리겠어. 현희씨도 보통내기는 아니라. 내가 소개해준 커플들 중에 잘 안된 커플이 하나도 없거든? 내가 잘 어울리는 사람들 매치하는 눈이 아주 탁월해. 잘 되면 한턱 쏴라.
기윤 네.
주민 성연이랑 나도 봐봐. 성연이는 처음 보자마자 나랑 잘 어울릴 거 같았다니까. 그래서 내가 낚았지.
기윤 두 분 어떻게 만났는데요?
성연 우린 교회에서.
주민 교회에서 성연이네 복지관에… 아, 내가 예전엔 교회 다녔거든. 암튼 교회에서 성연이네 복지관이랑 연계해서 후원 활동을 좀 하거든. 그때 처음 봤지. 강단 있고, 유능하고. 저기 보면 장관한테 받은 표창도 있어. 작년에 받은 건데 1년 동안 내 프사였다.
성연 (익숙한 듯 무반응)
기윤 (표창이 있는 곳으로 가서 본다)
주민 (일어나며) 지금 현희씨한테 전화하고 와야겠다.

성연   퇴근 후에 상사가 전화하면 싫어해.
주민   쇠뿔도 단김에 빼는 거야.

주민, 잠시 자리를 뜬다.
기윤과 성연만 남는다.

기윤   (상패를 보며) 멋지네요.
성연   …
기윤   (다시 와 앉으며) 두 분은 언제 결혼하세요?
성연   곧 해야지.
기윤   그렇구나.
성연   진짜 소개팅 괜찮아?
기윤   엄마도 돌아가시고… 사실 이제야 마음이 좀 편해요. 그래서 연애도 하고 싶고.

이때, 기윤이 콜라를 열다가 몸에 흘린다.

성연   (놀란다)
기윤   갈아입어야겠어요.

기윤, 안으로 들어간다.
성연, 흘린 자리를 정리한다.
기윤, 다시 나오는데
한 손엔 새 티셔츠를,
한 손엔 젖은 티셔츠를 들고 있다.
젖은 것으론 몸에 남은 물기를 닦는다.
상의는 탈의한 상태다.

기윤   이거 어디 둬요?

허리를 숙이고 정리하던 성연이
기윤의 목소리에 고개를 든다.
상의를 벗고 있는 기윤의 등에 상처가 보인다.
벗은 모습에 당황한 성연.
그러나 애써 아무렇지 않은 척한다.

기윤   이거 젖은 거요. 빨래. 어디에 둬요?
성연   저기에… 빨래통.

기윤, 성연이 가리킨 곳에 빨래를 갖다 둔다.
기윤, 새 티셔츠를 입는다.

성연   …

주민이 들어온다.
상기된 표정.

주민   한다고 했어! 내가 연락처 넘길게.
성연   진짜?
주민   어, 좋아하던데?
성연   잘됐네.
주민   결혼까지 하면 좋겠다. 얼른 결혼해서 안정 찾고 자리 잡는 것도 나쁘지 않아. 자 여기 폰 번호… 네가 남자답게 먼저 연락해보고.
기윤   네.

주민이 기윤의 폰에 번호를 남기는 사이
기윤, 고개를 들어 성연을 본다.
성연, 맥주를 홀짝거린다.

성연의 집.
드릴 소리가 들리며 무대 밝아지면
성연이 욕실 문 앞에 서 있다.
안에선 기윤이 떨어진 선반을 다시 설치하고 있다.

성연 조심. 조심.
기윤 이런 건 껌이죠.

드릴 소리 계속.
곧 기윤이 손을 털며 나온다.

기윤 끝! 튼튼해요, 이젠 안 떨어질 걸요.
성연 오, 떨어진 그 자리에 말끔하게 붙었네.
기윤 센스죠. 못자리 두 번 안 만들기.
성연 고마워. 고생했어.
기윤 또 뭐 할 거 없어요? 몸 쓴 김에.
성연 너 세탁기 균형 맞출 줄 아니?
기윤 그거 쉬운데. 살짝 기울여주시면 제가 맞출게요.
성연 진짜? 균형이 안 맞아서 되게 시끄럽거든. 이따 빨래 끝나면 해주라.
기윤 네!
성연 든든하네. 미루고 미루던 것들인데 이렇게 뚝딱뚝딱 해결되니까. 기분 좋은데?
기윤 싱크대 배관 막힌 거, 전등 나간 거, 세탁기 언 거 말

	만 하세요. 다 해결할 수 있어요.
성연	그걸 어디서 다 배웠어?
기윤	거의 자취생이나 다름없었잖아요. 엄마 혼자 버시니까. 저 살림 만랩이에요. 알바 하면서 배운 것도 많고 요리도 잘해요. 필요한 거 있음 다 말해요.
성연	집도 고쳐줘, 가전도 고쳐줘, 요리도 해줘, 다 해주면 나중에 너 없으면 나는 어떡하라고 그래.
기윤	그러게요. 어떡하라고 그러지?
성연	네 여자친구는 좋겠네. 사이 좋지?
기윤	부러우면 쌤 결혼하실 때 저 덤으로 데려가시던가요.
성연	이게, 또 기어오른다.

두 사람, 거실로 나와 잠시 앉아 쉰다.

성연	근데 그 상처 말이야.
기윤	상처요?
성연	등에.
기윤	(대수롭지 않다는 듯) 아. 보셨어요?
성연	언제 다친 거야?
기윤	중학교 때요. 새아빠한테 맞았어요.
성연	새아빠?
기윤	네,
성연	신고는… 했고?
기윤	(고개를 젓는다)
성연	그런 일이 자주 있었어? 엄만 아셨어?
기윤	몰랐어요. 엄마가 알면 괴로워할 테니까. 자기 탓하

　　　　면서 울고. 그 아저씨한텐 제가 화풀이 인형 같은 거
　　　　였나 봐요.
성연　엄마가 자주 울었어?
기윤　네, 술 마시면 늘.
성연　힘들었겠다. (그 여자를 떠올리며) 그런 엄마 밑에
　　　　서.

기윤, 애써 웃고

성연　…
기윤　이제 진짜 혼자예요. 세상에.
성연　…
기윤　선생님 저 한 번만 안아주세요.

성연이 대답하기 전에
기윤이 덥석 성연의 허리를 안는다.

성연　안아달라며. 이건 내가 안긴 거 같은데.
기윤　뭐 어때요. 온기만 통하면 되지.
성연　좀 답답한데.
기윤　좀만요, 조금 슬퍼서 그런단 말예요.

성연, 기윤이 머리통을 쓰다듬다가
기윤의 등에 있을 상처를 손가락으로 아주 조심스럽게 쓸어본
다.

성연의 집.

기윤   아 떨려.

기윤이 휴대폰을 조작하고 있다.

성연   나왔어?
기윤   네. 잠시만요.

기윤, 휴대폰을 확인한 뒤 벅찬 표정.

기윤   선생님!
성연   왜? 왜? 됐어? 됐어?
기윤   네! 합격이에요!
성연   잘 됐다!
기윤   선생님. 정말 감사해요.
성연   내가 뭘. 네가 열심히 공부한 거지.
기윤   너무 좋아요!

기윤, 성연과 껴안는다.

성연   고생했어.
기윤   와… 내가 해내다니.
성연   이제 대학도 가야지.

기윤 아네요. 이걸로 만족해요.
성연 장학금 제도도 잘 되어 있으니까, 포기하지 말고 생각해봐.
기윤 이 정도도 충분히 벅차고 행복해요.
성연 기특하다.

기윤, 성연을 더 꽉 끌어안는다.
성연이 기윤의 등을 톡톡 친다.

성연 숨 막혀.
기윤 죄송해요.
성연 선물이 있어.
기윤 선물요?
성연 네가 합격하면 합격 선물, 떨어지면 위로 선물로 주려고 샀지.

성연, 가방에서 쇼핑백을 하나 꺼낸다.

기윤 이게 뭐예요?

기윤, 꺼낸다.
재킷이다.

성연 입어봐.

기윤, 입어본다.

성연 앞으로 새 옷 입고, 여기 저기 놀러도 다니고 그래. 여자친구랑.
기윤 맘에 들어요. 저 잘 어울려요?
성연 예쁘네.
기윤 멋있는 거 아니고요?
성연 (귀여워 웃는다)
기윤 이거 받으니까 바지도 새 거 입고 싶고 가방도 새 거 사고 싶어요. 어떡해요?
성연 사줄까?
기윤 아녜요.
성연 첨부터 세트로 사 올 걸 그랬다.

기윤, 성연을 바라본다.

성연 왜? 싫어?
기윤 저한테 왜 이렇게 잘해주나 싶어서요.
성연 네가 기특하고 대견해서 그런다.
기윤 그게 다예요?
성연 그럼 또 뭐?
기윤 아녜요. 우와 놀러 가고 싶다! 합격 기념으로.
성연 놀러 갈까?
기윤 정말요?

성연의 집.
기윤과 성연이 지도를 펴고 앉아 있다.

기윤   여기 어때요?
성연   당진? 잠깐만 검색 좀 해보자.

성연이 휴대폰으로 검색한다.

기윤   그냥 지도로 보세요. 여기 이 루트로 가면 되겠네.
성연   여기서 한 시간 반 정도 걸리네.
기윤   시간도 딱이고.
성연   서해안 타면 되나?
기윤   네, 여기 보라니까요.
성연   넌 나이도 어린 게 꼭 종이지도로 봐야겠니?
기윤   종이 지도가 한 눈에 다 보이고 편하지 않아요? 관광지 표시도 잘 되어 있고. 우리 여기도 가요. 왜목마을. 바다도 보고. (기윤이 성연의 손가락을 잡고 지도 위 도로를 따라 그린다) 도로는 이렇게 타면 돼요.

화장실에서 나오는 주민.
손을 잡고 있는 성연과 기윤을 본다.

주민   (헛기침)

기윤 정말 저희가 마음대로 정해도 돼요?
주민 난 상관없어. 네 여친도 괜찮다고 했다며.
기윤 네, 둘도 좋고 넷도 좋고, 어디여도 상관없댔어요.
성연 오랜만의 여행이라 설렌다.
기윤 저도요.
성연 맛집도 미리 알아놓자.
주민 현희씨 해산물 먹나?
기윤 모르겠어요. 물어볼게요.

기윤, 주머니를 만져본다.
휴대폰이 없다.
기윤이 현희에게 연락해보기 위해 방으로 잠시 자리를 비우고

주민 이러다 정들겠어. 그러다 가족도 뭣도 아니면 어쩌게.
성연 가까이 지내면 좋지. 가족 아니면 더 좋은 거 아냐? 그거 바라는 거 아녔어?
주민 그 여자를 생각해봐. 그 여자가 어떤 짓을 했는지. 가족이 아니면, 당연히 내보내야지.

이때, 기윤이 나온다.

기윤 해산물 다 좋대요.
주민 다행이네.

어색한 분위기가
세 사람 사이에 감돈다.

- 9 -

성연과 주민이 짐을 들고 들어온다.
기윤은 목에 팔을 고정하는 슬링을 걸고 들어온다.
오른팔을 다쳤다.
집에 돌아와 한숨 돌리는 기윤과 성연.
주민이 기윤의 방에 기윤의 짐을 내려놓고 나온다.

주민　난 현희씨 데려다주고 다시 올게.
성연　조심히 갔다 와.

주민이 나가고
등이 간지러워서 습관적으로 긁으려던 기윤이 신음한다.

기윤　아아.
성연　괜찮아?
기윤　자꾸 습관적으로 오른손을 쓰려고 하네요.
성연　내가 해줄게. 어디 긁어줘? 여기?
기윤　그 옆에.
성연　여기?
기윤　아래.
성연　여기?
기윤　위에. 아니 오른쪽.
성연　시원해?
기윤　아니 좀 더 왼쪽이요.
성연　여, 여기?

기윤 (킥킥 웃는다) 네 맞아요, 거기.
성연 또 간지러운데 있어? 말해. 나 때문에 다친 거잖아.
기윤 아녜요. 선생님이 안 다쳐서 얼마나 안도 했다구요.
성연 담엔 그러지 마. 금만 가서 다행이지 부러지기라도 했어 봐.
기윤 금 간 건 금방 붙어요. 됐어요, 이제 그만.
성연 젊은 거 믿고 보조대 막 빼고 그러면 안 돼. 필요한 거 있음 나한테 말해.
기윤 말하면 다 해줘요?
성연 먹고 싶은 것도 말하면 다 시켜줄게. 잘 먹어야 뼈가 잘 붙지.
기윤 너무 좋다. 오기윤 팔자.
성연 좋긴 뭐가 좋아. 다쳐서 알바도 못 가는 게.
기윤 그래도 좋은데요? 시간을 돌려서 다시 오늘 아침으로 가도 전 똑같이 몸을 날릴 거예요. 그 자전거를 향해서.

기윤, 그때를 떠올리며 시늉하다가 팔에 통증을 느낀다.

기윤 아아.
성연 야! 진짜. 조심 좀 하라니까. 그러면 내가 감동할 줄 알아?
기윤 감동하라고 그러는 거 아니고, 그냥 지금이 좋아서 그러는 건데요? 알바도 안 가도 되고, 쌤이 다 해주고.
성연 (고개를 절레절레) 이상한 놈이야, 진짜.

기윤, 성연 눈을 마주치고 웃는다.

기윤   선생님 저 등이요, 또 간지러워요.
성연   효자손이 어디 있을 텐데.
기윤   벌써 지겨운 거예요?

성연, 기윤의 등을 긁어주며

성연   네가 날 이용해 먹으려고 하는 거 같아서 말이지.
기윤   다 해줄 것처럼 말했잖아요.
성연   여기야?
기윤   더 아래.
성연   여기?
기윤   좀 더 위요.
성연   여기?
기윤   아 시원하다.

사이.

기윤   선생님 같은 가족이 있음 좋겠어요.
성연   …
기윤   스물셋에 결혼해야지. 무조건.
성연   (웃는다) 철없긴.
기윤   거기 그만 긁어요, 피 나겠어요.
성연   언젠 긁어달라더니!
기윤   (낄낄 웃고)
성연   (손바닥으로 등을 쓱쓱 문질러준다) 고맙다. 기윤아.

기윤   전 젊어서 뼈도 금방 붙을 거래요. 그러니까 제가 다치는 게 낫죠.
성연   고마워.

몇 시간 후.
성연이 기윤의 머리칼을 수건으로 말려주고 있다.

기윤   아, 살살요. 너무 흔들려요.
성연   엄살은.
기윤   아아, 아파요, 머리 집혀요.
성연   아, 미안.
기윤   섬세하게 좀 다뤄주실래요?
성연   (웃는다) 그래도 시원하지?
기윤   네.
성연   로션 발라줄까?
기윤   네. 너무 건조하네요.

성연이 기윤의 얼굴에 로션을 발라준다.

기윤   (웃는다)
성연   왜?
기윤   근데 로션은 저 혼자도 바를 수 있거든요.
성연   아, 맞다.
기윤   하던 거니 마저 해주세요.

성연, 기윤의 볼을 톡톡 치며
어린아이에게 하듯 로션을 발라준다.

기윤 (웃는다)

성연 왜 자꾸 웃어.

기윤 애기가 된 거 같아서요. 아까 세수시킬 때도 흥! 이러질 않나.

성연 애기지 뭐.

기윤 애기라뇨. 건장한 대한민국의 건아한테.

성연 (머리를 쓰다듬는데)

기윤 (성연의 팔목을 확 잡는다) 손 빼봐요.

성연, 손을 빼보려고 하는데
기윤이 놓고 나주지 않다가

성연 오, 힘 센데?

기윤 그걸 이제 아셨어요?

성연 그래도 두 손으론 뺄 수 있지.

성연이 두 손을 이용해 빠져나오려고 하는데
기윤이 자신의 쪽으로 성연을 당긴다.
장난 같은 힘겨루기가 잠시 이어지고
기윤이 세게 당기자 성연의 몸이 기윤에게 바짝 붙는다.
사이.
이때 주민이 들어온다.

주민 밖에 비 온다.

성연과 기윤, 어색하게 멀어진다.
주민이 이 모습을 본다.

주민   뭐해?
성연   왔어?
주민   … 응. 머리 감겨줬어?
기윤   네. 너무 간지러워서요.
주민   저기서 감기기 불편하지 않았어? 미용실 가면 편하게 눕혀서 해줄 텐데. 굳이 힘들게.
성연   고마우니까.
주민   그때 옆에 내가 있었어야 했는데.
성연   그러니까 담배를 끊어. 이번에 유독 많이 피우더라.
기윤   흡연 친구가 있어서 그렇죠? 현희도 유독 많이 피우더라구요.
성연   드라이도 해줄까?
기윤   아뇨, 이 정도면 됐어요. 아 참! 형 차에 칫솔 안 떨어져 있었어요?
주민   칫솔?
기윤   네.
성연   숙소에 두고 온 거 아냐?
기윤   아녜요. 가방에 찔러 넣어놨는데 분명.
성연   (주민을 본다)
주민   없던데.
기윤   (대수롭지 않게, 혼잣말) 또 없어졌네.
성연   또?
기윤   아, 저번에도 욕실에 있던 칫솔이 없어졌거든요.
성연   (주민을 본다)
주민   (자신은 모르는 일이란 표정)
성연   서랍에 여분 많아. 새거 써.
기윤   욕실 서랍요?

성연　응.

기윤이 욕실로 들어가자
성연이 주민을 본다.

성연　오빠가 가져갔어?
주민　아무래도 애매한 것보다 분명히 아는 게 좋을 거 같아서 그래. 아버님 유품에서 이것저것 될만한 건 다 보내보자.
성연　… 맞으면? 뭐라고 해? 쟨 이해 못할 거야. 혼란스러울 거고.
주민　진짜 걱정하는 게 그거야? 널 원망할까봐는 아니고?
성연　뭐?

기윤이 욕실에서 나오며

기윤　선생님, 칫솔 못 찾겠어요.
성연　(주민에게 잠시 눈길을 준 뒤) 응, 잠깐만.

성연이 욕실로 간다.
주민, 바닥에 떨어진 수건을 불쾌해하며 두 손가락으로 집어
세탁통으로 던진다.

- 11 -

성연의 집.
주민, 퇴근한다.
손에는 서류 봉투를 들고 있다.
마침 밖에 나가던 기윤과 마주친다.

주민   어디가?
기윤   알바요.
주민   좀 쉬지, 벌써 나가?
기윤   네… 오늘은 대타가 없어서. 근데 집에 선생님 없어요.
주민   금방 들어올 거야. 근처 다 왔대.
기윤   그래요?
주민   얼른 가 봐.
기윤   (나가려는데)
주민   기윤아.
기윤   네?
주민   … 아니다. 잘 다녀와.
기윤   네.

기윤이 나가고,
주민이 서류를 테이블에 내려놓는다.
이때 주민에게 전화가 온다.
갑자기 표정이 굳는 주민.
전화를 받지 않고 넘긴다.

잠시 생각에 잠긴 듯.
사이.
이때 퇴근하고 돌아오는 성연.

성연 알려줄 소식이 뭐야? 저녁은 먹었어? 난 배고프다.
주민 그래? 내가 맛있는 거 사줄까?
성연 나가서? 기윤이랑 갈까?
주민 기윤이 아까 알바 가던데?
성연 그 몸으로?
주민 대타가 없대.
성연 그럼 집에서 대충 먹자.
주민 … 이리 와봐. 보여줄 게 있어.
성연 뭔데.
주민 지난번에 유전자 검사 보낸 거 결과 나왔어.
성연 벌써? … 봤어?
주민 나 먼저 봤지.
성연 맞대?
주민 네가 읽어봐.
성연 왜. 말해줘.
주민 읽어보라니까, 자.

성연, 서류를 열어본다.

주민 결과는 맨 뒷장.

성연, 맨 뒷장으로 넘긴다.
성연, 내용을 읽는다.

결과를 다시 한번 더 확인하듯 주민을 본다.

주민 아니래. 아무 사이도.
성연 이거 정확하지?
주민 과학이야, 자기야. 과학은 거짓말 안 해. 내가 뭐랬어. 그런 여자 못 믿는댔지? 미성년자한테 그런 짓이나 하는 여자야.
성연 …
주민 어떻게 할 거야? 내보낼 거지, 이제?
성연 … 우선 팔이 나을 때까지는.
주민 홀로 설 준비도 다 된 거 같고. 고시원 같은 데서부터 시작하면 돼. 그 나이에 못 할 게 뭐가 있어? 뭐든지 할 수 있는 나이지. 안 그래? 그래, 직업의식 좋아. 그래도 아무 사이도 아닌 남을 이 정도 도와줬으면 자긴 할 만큼 한 거야.
성연 (고개를 끄덕인다) 그래, 맞아.
주민 너무 미안해하지 말고.
성연 (잠시 생각에 잠긴 듯하더니) 아냐, 나 오히려 마음 편해.
주민 정말?
성연 응. 아무 사이도 아니라니까 맘이 가벼워, 그래, 우리 나가자! 나가서 외식하자.
주민 뭐 먹을래? 고기 먹으러 갈까?
성연 그럴까?
주민 잠깐만, 화장실 좀 갔다가.

주민, 화장실로 가며 콧노래.

성연의 휴대폰이 울린다.

성연 여보세요? 네, 현희씨. 무슨 일이에요? 기윤이 아르바이트 갔는데, 연락 안 돼요? (듣는다) 지금 울어요? 왜? … 현희씨? 나한테 전화 한 거 맞아요? 저 성연이에요. (듣는다) 지금 뭐라고… 했어요?

주민, 화장실에서 나온다.

주민 누구야?
성연 뭘 했다고요?

성연, 주민을 바라본다.
주민, 아무것도 짐작하지 못하는 표정으로 성연과 마주한다.

성연의 집.
술병이 쌓여 있다.
TV를 보면서 계속 술을 마시는 성연.
기윤이 퇴근하고 들어온다.

성연 왔어?
기윤 (술병을 보고 놀란다) 어? 선생님…
성연 (취한 듯) 고생했다. 손님 많았어?
기윤 술을 왜 이렇게 많이 마셨어요.
성연 … 그냥.
기윤 … 아까 주민이 형님 왔었는데, 가셨어요?
성연 갔지.
기윤 내일 주말인데 데이트 안 해요?
성연 …
기윤 무슨 일 있었어요?
성연 기윤아. 이리 와, 앉아.

기윤, 성연의 곁에 앉는다.
자연스럽게 맥주 캔을 따는 기윤.

성연 술은 안 된댔잖아. 그리고 그 팔은 또 어떻고.
기윤 민증 나왔잖아요. 여기서 못 먹게 해도 밖에서 다 먹어요. 진짜 몰라요?
성연 그래도 내 앞에선-

성연, 뺏으려고 하고
기윤이 슬쩍 피한다.
그리고 맥주를 마신다.

기윤 이미 마셨는데요.
성연 … 그래 맘대로 해라. 건배는 안 해줄 거다.
기윤 짠이 별건가. 그냥 아무 데나 부딪치면 되지.

기윤, 빈 캔에 짠.
사이.

성연 현희씨랑 잘 만나고 있어?
기윤 … 그건 갑자기 왜요?
성연 너희 커플 맞아?
기윤 갑자기… 왜 그러는데요.
성연 생각해보니까 당진에서도 커플 같진 않았어. 어린 친구들의 연애는 그런 줄 알았는데, 너희 그냥 친구였던 거지?
기윤 …
성연 왜 여자친구라고 했어?
기윤 썸 타면 여자친구 아녜요?
성연 현희씨가 나한테 전화했더라.
기윤 (걱정되는 게 있는 듯) 현희가요? 왜요?
성연 좋아하는 사람이 있는데 그 사람 때문에 너무 힘들대.
기윤 … 선생님.
성연 그 좋아하는 사람이 누군지 알지, 너?

기윤 …

성연 둘이 잤대.

기윤 …

성연 언제부터 알았어?

기윤 (성연에게 미움을 받고 싶지 않아 거짓말한다) … 몰랐어요.

성연 정말 몰랐어?

기윤 현희가 좋아하는 것만 어렴풋이.

성연 둘이 계속 같이 자리 비울 때, 그때도 넌 알고 있었던 거네.

기윤 … 죄송해요. 저도 확실한 건 아니어서.

성연 …

기윤 그래서 주민 형이랑 싸운 거예요?

성연 싸워? 싸울 일인가?

기윤 … 헤어졌어요?

성연 …

기윤 선생님 괜찮아요?

성연 우리가 6년을 만났거든? 이런 결말을 생각해본 적이 없다는 게 너무 웃겨.

기윤 …

성연 그리고 더 웃긴 건, 화는 나는데 슬프지가 않아. 내 마음이 왜 그러는지 나도 모르겠어.

성연, 술을 더 마시곤
소파에 푹 기댄다.

기윤 선생님.

성연   기윤아, 그리고 할 말 있는데.
기윤   네.
성연   팔 다 나으면 이제 다른 데로 가.
기윤   …
성연   너랑 너무 가까워지는 거 같아서 나 무섭다. 어디로 갈지 미리 알아보고.
기윤   그게 왜 무서워요?
성연   … 졸린다.
기윤   선생님.
성연   취해.
기윤   선생님, 저 봐봐요.

성연, 고개를 돌려 기윤을 본다.
기윤, 성연에게 살짝 입을 맞추고 떨어진다.
서로를 보는 두 사람.
놀라 가만히 있는 성연.
사이.
기윤이 다시 입을 맞춘다.
아까보다 더 길게 입술을 대고 있다.
멈춰 있던 성연, 기윤의 목에 팔을 두르며 입맞춤에 응한다.
훨씬 길고 깊게 키스하는 두 사람.

두어달 뒤, 겨울.
테이블엔 빈 케이크 갑과 와인잔, 맥주캔 등이 어지러이 놓여 있다.
성연은 소파에 모로 누워 있고,
기윤, 소파로 가 성연의 뒤에 바짝 붙어 눕는다.

성연   어지러워. 술을 너무 마셨어. 후회 중이야.
기윤   저 스무 살 된 기념이었잖아요. 이런 날은 먹어야죠.
성연   안 그래도 요즘 정신이 하나도 없단 말야.
기윤   (성연의 허리를 껴안는다) 나 때문에요?
성연   왜 이래.
기윤   내가 정신 못 차리게 하니까.
성연   간지러워, 저리 가.
기윤   (냄새를 맡으며) 음… 성연이 냄새.
성연   성연이?
기윤   (웃다가) 난 전생에 개였나봐요.
성연   왜?
기윤   맨날 선생님 냄새만 맡잖아. (목덜미와 몸의 은밀한 곳들에 손을 대며) 여기, 여기 다 맡을 거야.
성연   나 안 씻었어. 저리 가.
기윤   (아랑곳없이 냄새) 좋은 냄새. 구수하다.
성연   비켜, 놔 얼른.
기윤   싫은데요.

두 사람, 티격태격 장난을 치는데
성연의 휴대폰이 울린다.

성연   잠깐만.

누군지 확인하곤

성연   어?
기윤   누구? 없는 번호네.
성연   …
기윤   설마 주민이 형이에요?
성연   무슨 일이지? 연락 온 적 없었는데.

성연이 기윤을 보면서 전화를 받아도 되는지 확인하듯 눈짓.

기윤   (기꺼이 시간을 내준다는 듯) 받아요. 내가 방에 들어갈게요.

기윤, 일어나 자리를 피해준다.

성연   여보세요. 응. 오랜만이야.

- 14 -

공원 벤치.
주민이 성연의 옆에 앉아 있다.

성연 갑자기 연락해서 놀랬어.
주민 미안.
성연 어머님 아버님은 잘 계셔?
주민 응, 건강히 잘 계셔.
성연 현희씨랑은 잘 만나고 있어?
주민 (고개를 젓는다)
성연 왜.
주민 나랑 어울리는 사람이 아니었어, 애초에.
성연 …
주민 성연아. 넌 정리가 다 된 거야?
성연 뭘 말이야?
주민 우리 사이. 현희씨랑은 일주일도 채 안 만났어. 너랑 헤어져보니까 알겠더라. 내가 얼마나 큰 실수를 했는지.
성연 다 지난 일이야. 난 이제 괜찮고.
주민 난 괜찮지가 않던데. 시간이 지날수록 힘들던데.
성연 …
주민 연락처에서 네 이름 지우고, 네 흔적도 다 지우고 버렸는데도 시간이 지날수록 생생해지더라. 네가.
성연 나한텐 이미 의미 없는 이야기 된 지 오래야. (머뭇거리며 입을 떼는) 그리고 나 사실은- (또 뜸을 들인

다)

주민 (무슨 말을 할지 예감하고 말을 가로채며) 오늘 만나자고 한 건 알려줄 게 있어서야.

성연 알려줄 거?

주민 그때, 내가 유전자 검사했었잖아. 유전자 연구소에서 이메일이 왔는데 그날 유전자 검사 한 것들 몇 건이 시료가 바뀌었대. 그래서 다시 해야 한다고 하더라고.

성연 무슨 말이야?

주민 기윤이가 네 조카일 수도 있다고.

성연 아니, 오빠랑 전혀 안 닮았어.

주민 그래도, 모르는 거잖아.

성연 …

주민 기윤이, 지금도 네 집에 있는 거지?

성연이 주민의 눈을 본다.

주민 어떻게 할 거야? 유전자 검사… 다시 할 거야? 안 할 거야?

성연 … 말도 안 돼. (어이가 없다는 듯) 갑자기 나타나서 왜 그런 말도 안 되는 소릴 하는지 모르겠다. 갈게. 괜한 소리 할 거면.

주민 성연아.

성연, 불쾌하다는 듯 자리를 떠난다.

- 15 -

성연의 집.
성연의 표정이 굳어 있다.

기윤　무슨 일 있어요?
성연　아니.
기윤　불안해요.
성연　… 뭐가?
기윤　표정이 안 좋잖아요. 오늘 주민이형 만나고 온다고 하곤 표정이 안 좋으니까 나 불안해요. 그 형이 선생님 마음을 불편하게 했다는 거니까. 그 형의 어떤 말이 선생님 마음을 건드렸단 거잖아요.
성연　아니야. 그런 일 없어.
기윤　정말요?
성연　응.
기윤　뽀뽀해도 돼요?
성연　…

기윤, 성연에게 입을 맞추려고 하는데
성연이 고개를 돌려버린다.

기윤　…
성연　그냥.
기윤　진짜 무슨 일 없었다고요? 내 눈엔 아닌 거 같은데요? 그 형이 뭐래요? 뭐라고 했어요?

성연 네가 신경 쓸 일 아니야.

기윤 제가 직접 전화해요? 집적대지 말라고? 나랑 만나고 있다고?

성연 안돼. 하지 마.

기윤 (기가 막힌) 왜요? 설마 그 형한테 미련 남은 거 아니죠?

성연 아냐, 그런 거.

기윤 그럼 지금 왜 이러는데요? 분명 뭔가 있다고요.

성연 그런 거 없어.

기윤 … 이상해요. 달라졌어.

성연 달라진 거 없어.

기윤 (성연의 눈을 본다) 저 봐봐요. 제 눈.

성연 … (잘 보지 못한다)

기윤 이거 봐.

성연, 시선을 맞추는 대신 팔을 벌리면
기윤이 안긴다.

성연 아무 일 없었어.

기윤 나 불안해하지 않아도 되는 거죠?

성연 응.

기윤 선생님 그 형한테 돌아가는 거 아니죠?

성연 응.

기윤 정말요?

성연 응.

기윤 … 우리 섹스해요.

성연 …

기윤 섹스해요. 지금.
성연 …
기윤 해요.

성연, 복잡한 심경.
사이.

성연 … 씻어, 먼저.

기윤, 욕실로 가고
성연, 서랍을 뒤져
전에 받은 유전자 검사 서류를 찾는다.
잠시 봉투를 보며 생각.
그러더니 서랍 깊이 다시 넣는다.
욕실에서 물소리가 나고
그쪽을 바라보는 성연.
사이.

성연, 옷을 벗으며 욕실로 들어간다.
두 사람의 신음 소리가 물소리에 섞인다.

- 16 -

장 본 짐을 가지고 들어오는 성연과 기윤.
기분이 좋지 않아 보이는 성연과 눈치 보는 기윤.

기윤 아까 마트에서 인사한 사람 누구예요?
성연 복지관 사람. 동료.
기윤 근데 왜 또 기분이 나빠진 거예요? 저 아무 말 안 하고 그냥 서 있었는데.
성연 … 화 안 났어.
기윤 화난 거 같은데. 도대체 무슨 말 때문일까. (방금 전 마트에서의 상황을 복기하며) 안녕하세요, 오랜만이네. 옆은 누구야? 동생? 닮았네. …'아뇨, 남자친구인데요' 이 말이 여기까지 나왔지만, 입 꾹 다물고 가만히 있었고. … 요즘 왜 그래요, 정말.
성연 …
기윤 말해봐요, 이유가 뭐예요.

성연, 기윤의 얼굴을 살펴본다.
그 얼굴에서 자신의 얼굴을 찾는다.
기윤, 그런 성연의 볼에 입을 맞춘다.

기윤 (불안해하며) 사랑해요.
성연 …
기윤 너무 오랜만에 말한다. 그죠.

잠시 포옹.
사이.

기윤　이렇게 내 얼굴 봐주는 것도 오랜만이고.

성연, 기윤의 손을 풀어낸다.

기윤　…
성연　먼저 씻을래? 내가 이거 정리할게.
기윤　네.

기윤, 욕실로 들어가고
성연, 고민스러운 얼굴로 마른세수를 하며 고뇌.
그리곤 거울로 자신의 얼굴을 살펴본다.

주민의 회사 근처.
성연이 초조하게 주민을 기다리고 있다.
곧 주민이 나타난다.

성연 왜 이렇게 늦었어.
주민 무슨 일이야? 이렇게 갑자기.

성연, 가방에서 서류 **봉투**를 꺼내 **주민**에게 건넨다.

성연 이게 지난번 그 결과지야.
주민 근데.
성연 넌 이 유전자 연구소에서 실수를 했다고 했어.
주민 그래.
성연 전화 해봤어.
주민 개인 정보라 네가 전화해도 알려주는 건 없을 거야.
성연 맞아. 그래도 시료가 바뀐 적이 있는지는 말해줄 수 있겠지.
주민 …
성연 개소 이래 그런 적은 단 한 건도 없다고 하더라. 철저하게 관리한다고.
주민 …
성연 왜 그랬어?
주민 아직 검사 안 했단 거네.
성연 …

주민   걔랑 지금도 살고?
성연   대체 왜 그랬냐고.
주민   무슨 핑계로 데리고 있는 거야? 아직도 홀로 설 준비가 안 됐대?
성연   어디서부터 거짓말이냐고!
주민   …
성연   애초에 일치하지 않도록 검사를 의뢰했다는 거야? 아니면… 아니면 설마 이 검사지를 조작했어? (사이, 떨리는 목소리) 이미 결과를 알아?
주민   몰라.
성연   확실하게, 제발 좀, 말 좀 하라고!
주민   나도 모른다고. 애초에 시료를 엉뚱한 걸로 보냈어. 걔 칫솔이 아니라 내 칫솔을 보냈다고. 그러니까 맞을 리가 없잖아.
성연   왜 그랬는데?
주민   … 몰라, 그냥 그 순간에 그러고 싶었어. 걔가 네 조카인 게 싫었다고. 갑자기 나타난 짐덩이가 부담스러웠어.
성연   그럼 왜 다시 연락했어? 왜 나한테 다 말한 건데?
주민   무서워서! 천륜을 끊었을까 봐 무서워서.
성연   조카 아니야. 그럴 리 없어.
주민   그래, 아닐 거야. 나도 그러길 바래. 내가 지은 죄가 죄가 아니길 바란다고.
성연   …
주민   그래도 혹시 모르잖아. 죄를 지었다면, 원래대로 돌려놔야지.
성연   김주민.

주민 ⋯

성연에게 불안한 생각이 스친다.

성연, 주민을 본다. 주민도 그 시선을 피하지 않는다.

사이.

성연 혹시 우리 집에 온 적 있어?

주민 뭐?

성연 헤어지고 난 뒤에 날 찾아온 적 있냐고.

주민 ⋯ 없어. 너 그런 거 싫어하는 거 아는데. 그날 이후로는 네 집 근처엔 얼씬도 안 했어.

성연 정말이야?

주민 그건 왜 묻는데?

성연 ⋯

주민 ⋯ (도발하는) 혹시 내가 알아야 하는 게 있어? 그럼 말해줘.

성연 ⋯

주민 뭔데. 말해봐.

성연 ⋯

주민 성연아.

성연 ⋯

주민 미안해. 그래도 잘못된 것은 되돌려 놓아야 하니까 너한테 연락했던 거야.

성연 ⋯ 갈게.

주민 할 거지? 해야 돼. 너.

- 18 -

벤치, 주민과 기윤의 모습과
집안, 성연의 모습이 동시에 그려진다.

주민   네가 날 찾아올 줄은 몰랐다.
기윤   며칠 전에 선생님 만났죠?
주민   아니.
기윤   둘이 약속 잡는 거 다 들었어요.
주민   …근데?

/집

성연이 홀로 있다.
성연이 새로운 서류 봉투 앞에 앉아 있다.
봉인된 봉투를 뜯지 못하고 머뭇거리는 성연.

/벤치

기윤   둘이 뭐 했어요?
주민   뭘 하다니.
기윤   왜 만난 건데요?
주민   기윤아. 너 뭐냐.
기윤   말해요. 무슨 말 했어요? 무슨 말 했길래 쌤이 달라졌냐구요.
주민   (기윤이 우습다)

기윤   다시 만나자고 했어요? 이미 둘은 끝났잖아요.

/집

봉투를 뜯기 시작한다.
천천히.

주민   다 끝난 사이에도 남은 이야기는 있을 수 있지. 내가 너한테 허락받고 성연일 만날 필요도 없고.
기윤   무슨 말이 남았는데요?
주민   내가 그걸 너한테 전할 이유는 더더욱 없고.
기윤   앞으로도 있어요? 남은 이야기. 또 할 이야기가 있냐고요.
주민   네가 왜 그걸 묻는지 모르겠다.
기윤   형도 모르는 게 있어요.
주민   (같잖다는 듯) 내가 모르는 거?
기윤   선생님 이제 형한테 관심 없어요. 그러니까 미련 같은 거 있으면 버려요.
주민   모르는 건 너야.
기윤   아직도 형이 선생님한테 뭐라도 되는 줄 아나 봐요.
주민   성연이가 어떤 사람인지, 성연이가 누군지, 모르는 건 너라고, 기윤아. 성연이한테 직접 듣길 바랬는데.
기윤   …
주민   성연이한테 네가 어떤 존재인지.
기윤   무슨 말-
주민   성연이가 널 찾아간 이유.
기윤   …

주민   성연이가 너한테 잘해준 이유. 진짜 그냥 일이었을까? 네 엄마랑 인연?

기윤, 이해를 못 하는 표정.

/집

성연, 마지막 페이지를 읽는다.

주민   지금쯤 성연이한테 결과가 도착했겠다. 네 엄마랑 성연이가 어떤 사이인지.

기윤, 무슨 말인지 알 수가 없다.

주민   그리고 네가 성연이랑 어떤 사이인지.
기윤   전에 과외를…
주민   성연이 죽은 오빠가 네 친부야.
기윤   …
주민   고모와 조카 사이라고.

/집

성연, 서류를 접어 어딘가에 넣고, 고개를 젓는다.
갑자기 근처에 놓인 책을 들어 읽기 시작한다.
(무대 상황에 따라 TV를 보거나 청소를 하는 등 다른 일상적인 행동으로 바꿔도 좋다.
기윤과의 관계에 대한 반응이 본능적이거나 즉각적이지 않도록

한다.
성연이 기윤과의 사이에 벌어진 일의 사회적 의미를 이해하고, 그러한 인식이 신체 반응으로 적용되는 사이의 시간차가 드러나길 바란다.)

/벤치

기윤   말 안 돼요.
주민   …
기윤   말 안 된다고요. 말도 안…

기윤, 벌떡 일어나 성연 쪽을 본다.

/집

성연, 구토가 치민다.

성연의 집.
이삿짐을 싸고 있는 성연.
주민이 옆에서 돕는다.
전화가 오고, 바쁜 듯한 주민.

주민 (전화를 받는다) 그 파일 어제 넘겨 드렸는데. 네 어제요, 점심 먹고 두 시였나. (듣고) 저녁에 다시 보내 드려도 될까요. 지금 중요한 일정이 있어서 나와 있거든요. (생각난) 아! 이메일에 남아 있을 거 같은데 지금 포워딩해드리겠습니다.

전화를 끊는다.
주민, 슬쩍 성연의 눈치를 본다.

주민 (휴대폰을 조작한다) 잠깐만. 다 해놓고 나왔는데, 왜 이러냐, 오늘따라.
성연 안 도와줘도 된다니까.
주민 (일 마치고 휴대폰을 다시 주머니에 넣는다) 여기서 나도 6년을 지냈어. 내 아쉬움 정리하는 거니까 그냥 둬주라.
성연 …
주민 나 너무 미워하지 마. 나 정말 반성하고 회개하고 있어. 그때 너 두고 한눈판 거 미치도록 후회한다고. 교회도 다시 다닌다.

성연 …

주민 아 참, 성연아. 나 부탁이 하나 있는데.

성연 뭔데?

주민 아버지가, 직업특강, 그걸 다시 부탁하시는 거야. 혹시… 돼? 미안, 나도 내 선에서 커트하려고 했는데, 새 학기 되니까 또 그러시네.

성연 할게.

주민 정말?

성연 약속한 거니까.

주민 고맙다.

성연 …

주민 우리 부모님은 아직도 너 아까워하셔. 내 실수도 다 아시고. 나 욕 많이 먹었어.

성연 …

주민 성연아. 진짜 한 번만 나 봐주면 안 돼? 정말 잠깐이었고, 작은 실수라고 생각해줄 수도 있잖아. 우리, 그 시기의 일은 서로 다 잊고, 응?

이때, 초인종 소리.

주민 내가 나갈게.

주민이 문을 열어주면
기윤이 서 있다.

성연 기윤아.

기윤과 주민의 대치.
사이.

주민　너 어떻게 된 거냐. 잘 지내고 있는 거지?
기윤　형이 여기 계시네요.
성연　…
주민　갑자기 나갔다면서, 걱정되게.
기윤　선생님이 그래요? 갑자기 나갔다고.
주민　그럼, 고모한테 들었지.
기윤　… 저 선생님한테 할 말이 있어서 왔어요.
주민　그래? … 나는 그럼 잠깐 바람 좀 쐬고 올 테니까 둘이 이야기 나눠. 성연아, 올 때 사 올 거 있음 문자 남기고.

주민, 나간다.
기윤이 거실의 풍경을 본다

기윤　이사 가요?
성연　…응.
기윤　어디로요?
성연　…
기윤　어디로요?
성연　…
기윤　나한텐 안 알려줄 건가 보네요.
성연　… 기윤아.
기윤　둘은 왜 같이 있는 건데요?
성연　…

기윤 둘이 끝났잖아요.

성연 …

기윤 둘이 다시 만나는 거예요? 저 자식이 왜 짐을 싸고 있냐고요. 지것도 아니면서!

성연 어디서 지내고 있어?

기윤 왜 저 사람은 여기 있어도 되는 거예요?

성연 어디에서 지내고 있냐구.

기윤 … 고시원에 있어요.

성연 … 있을만 해?

기윤 …

성연 …

기윤 제가요.

성연 (기윤을 보면)

기윤 제가요, 계속해서 생각을 하고 또 해보는데요. 우리가 헤어져야 하는 이유를 모르겠어요.

성연 …

기윤 서류를 떼보면 전 아빠가 없거든요. 평생 없었단 말이에요. 근데 고모가 있는 게 말이 돼요?

성연 유전자 검사 결과 봤잖아.

기윤 봤죠.

성연 내가 처음 널 찾아간 이유도 다 말했잖아.

기윤 그래서요? 그게 뭐요?

성연 기윤아. 정말 이해를 못 하는 거야?

기윤 이해를 못 하는 건 선생님이에요.

성연 … 선생님 아니야.

기윤 …

성연 고모지.

기윤 네, 그리고 나랑 떡 쳤죠. 수십번.
성연 (듣기 괴로운) 오기윤!
기윤 받아들이기 싫은 건 마찬가지잖아요!
성연 싫으면 달라져?
기윤 우리 법적으로 아무 사이도 아녜요.
성연 뭐?
기윤 씨발, 고모고 조카고 그딴 거 아무도 모른다고요. 검사지 한 장이야, 우리가 무시하면 그만이에요.
성연 …
기윤 법. 법이 말해주잖아요. 우리 아무 사이 아니라고. 당장 구청에 가서 혼인신고를 해도 되는 사이라고요. 가서 해볼래요?

기윤, 성연의 손을 잡고 현관 쪽으로 당긴다.
성연이 기윤의 손길을 피한다.

기윤 제발요. 우리 진심이었잖아요.
성연 네가 누군지 몰랐을 때야, 그건.
기윤 안다고 마음이 바뀌는 건 아녜요.
성연 …
기윤 아니라고요.
성연 …
기윤 (거의 울며) 아니라고요!
성연 기윤아.

사이.

성연 내가 어떻게 해주면 되겠어?

기윤 …

성연 내가 어떻게 했으면 좋겠니, 넌.

기윤 사랑해요, 계속.

성연 … 내가 우리 오빠 이야기 했었지.

기윤 …

성연 나는 네 엄마를 더럽다고 했어, 항상. 항상.

기윤 …

성연 그리고 너랑 잤어.

기윤 몰랐잖아요, 아무것도.

성연 네 엄마가 날 보면, 뭐라고 할까. 내가 했던 비난들을 고스란히 기억하고 있을 텐데. 겨우 열일곱 먹은 여자애한테 욕을 먹었다고 네 엄만. 지금 이게 얼마나 웃길까. (사이)

기윤 …

성연 나, 네 엄마 제자 아니야. 제자는 오빠였지.

기윤 …

성연 네 엄만 남편도 있으면서, 열여덟인 우리 오빠랑 그런 짓을 했어. 그리고 내가 그 장면을 봤고, 신고했고.

기윤 그만 말해도 돼요. 안 궁금하니까.

성연 미성년자 추행죄. 사회봉사 처분. 그때 역원조교제라고 뉴스에도 나고… 당연히 더 이상 일은 할 수 없었겠지.

기윤 …

성연 네 엄마가 떠났고. 오빠가 스스로 세상을 등지게 한 게… 나야…. 네가 새아버지한테 학대받게 하고, 고

	단하게 살게 한 게 나야, 기윤아.
기윤	…
성연	…
기윤	… (애써) 상관없어요.
성연	기윤아. 너한테 벌어진 일의 의미를 네가 알게 되기까지… 오랜 시간이 걸릴지도 몰라.
기윤	…
성연	내가 그랬던 것처럼.
기윤	… 함께 살고 싶어요.
성연	…
기윤	옆에 있고 싶어요. 아니, 제 옆에 선생님이 있었으면 좋겠어요.
성연	… 안 돼.
기윤	…
성연	가.
기윤	그래도 말해줘요. … 생각해보겠다고요. 기다려보라고요.

성연, 기윤에게서 한발 멀어진다.
성연, 주민에게 전화한다.

성연	기윤이 좀 데려다줘. 얼른 와서.
기윤	제발요, 안 돼요.

성연, 기윤을 바라보고
사이.

기윤 어릴 때… 기억 나는 게 있어요. 누군가 초인종을 누르면 엄마는 긴장했어요. 누군가 불러도, 누군가 붙잡아도, 언제나 당당하지 못한 사람처럼. 표정이 굳었어요. 그래도 늘, 늘 뒤돌아 얼굴을 확인하고, 문 너머에 있는 사람을 확인했어요. 단 한 번도 숨거나 없는 척하지 않고.

성연 …

기윤 엄마는 그 사람이 올 거라고 생각했던 거예요. 성인이 된 그 사람이 찾아오면… 그땐, 엄마도 자기한테 벌어진 일이 무엇이었는지 확인할 수 있다고 생각했던 거예요. 이제야 그때마다 엄마가 싯던 표정의 의미를 알겠어요. 실망감. 아쉬움. 그리고 더 기다릴 수 있다는 희망.

성연 …

기윤 시간이 지나면 나한테 벌어진 일이 뭔지 제가 알 수 있을 거라고 했죠?

성연 …

기윤 그럼 시간을 줘요.

성연 …

기윤 멀리 가지 말고, 옆에서, 우리가 뭐였는지, 우리가 한 게 뭐였는지 확인해봐요. 세상은 변해요. 너무 빠르게 결정하고 져버리고 도망치지 말아요.

성연 기윤아…

기윤 지금은 내가 누구여도 좋아요. 그냥 도와줘야 하는 사람, 일로 만난 사람, 피가 섞인 사람이어도 좋아요. 그러니까 지켜봐요, 지켜보고 천천히 생각해요.

성연 싫어.

기윤 …
성연 그럴 수 없어.
기윤 … 이럴 거면 왜 날 찾아왔어요!
성연 …
기윤 왜! 왜 착한 척 찾아와, 잘해줬어요! 절 구해줄 것처럼 했어요. 절 사랑한다고 했어요! 나한테 뭘 한 거예요! 왜 내 인생에 끼어들었어요! 그래 놓고 이젠 기다리고 싶지도, 생각해보고 싶지도 않다고요? 내 인생을 맘대로 휘저어놓고요!
성연 …
기윤 뭣 때문에 그랬는데요? 뭣 때문에? 사랑이 아니면 뭣 때문에.

성연, 기윤의 말에 마치 자석에 이끌리는 듯
몸이 기윤에게 절로 기우는데
이때, 주민이 들어온다.

주민 밖에서 좀 더 기다려보려 했는데. 큰 소리가 나서.
성연 얘 좀… 내보내 줘.
기윤 선생님.

성연, 방에 들어가 버린다.

주민 가자, 태워다줄게.
기윤 …

기윤, 닫힌 문에 다가가는데

안에서 문 잠그는 소리.
주민　　나와, 가자.

주민, 기윤의 팔을 잡는다.

한 달 뒤.
어느 학원.
성연이 의자에 앉아 페이퍼 한 장을 들고 외우고 있다.

성연 (중얼중얼 읽는다, 어떤 말들은 흘려 읽는다) 인터넷 포털에 사회복지사를 치면 청소년, 노인, 여성, 가족, 장애인 등 다양한 사회적 개인적 욕구를 가진 사람들의 문제와 사정을 해결하기 위해 돕고 지원하는 사람이라고 나와 있습니다. 당연히 남에 대한 배려, 이해심, 이타심 같은 것이 기본적으로 요구됩니다. 근데 여기 앉아 계신 여러분도 이미 알고 있을 거예요. 워라벨도 별로, 페이도 별로. 저는 처음에 멋모르고 이 일을 시작하게 됐지만 그래도 이 일이 남들보다 많이 주는 게 있어서 계속 이 일을 하고 있습니다. 자긍심을 가질 수 있고, 도덕적이며 인간으로서 좋은 일을 하고 있다는… 자부심… 그런 자부심을 주는 직업은 세상에 많지 않거든요…

성연, 도저히 읽지 못하고
페이퍼를 접는다.
그때 주민이 나타난다.

주민 일찍 왔네? 미리 연습했구나.
성연 응.

주민 긴장 하지 마, 오늘 원생들도 많이 안 왔다고 하네. 그냥 네가 평소에 하는 일에 대해서 편하게 설명해 주면 돼.
성연 …

주민, 페이퍼를 보고
가져가 펴본다.

주민 뭘 이렇게 많이 써 왔어.
성연 뭐라고 말해야 할지 몰라서.

주민, 빠르게 눈으로 읽어본다.

주민 잘 썼네.
성연 웃기지 않아?
주민 뭐가?
성연 내가 아이들 앞에서 이런 말을 하는 게. 다 거짓말이 됐잖아. 그땐, 분명히 진심이었는데.
주민 … 아무도 몰라. 그런 거. 신경 쓰는 사람도 없고.
성연 오빠도?

이때, 주민에게 전화가 온다.
주민, 액정 속 이름에 당황한다.
이 모습에 성연이 주민의 휴대폰을 본다.

성연 현희씨네. 다시 만나는 거야?
주민 아니야! 전혀 아니야!

성연 뭐 어때… 내 눈치 볼 거 없어.
주민 진짜 아니라니까.

주민, 보란 듯이 전화를 받는다.

주민 여보세요? 갑자기 무슨 일이야? … 뭐?

성연, 심상치 않은 분위기에 주민을 본다.
주민도 성연을 본다.

주민 연락돼… 지금 옆에 있고.
성연 … 나?
주민 …
성연 무슨 일이야.
주민 기윤이가…
성연 … 기윤이가 왜.
주민 기윤이가 사고가 났대.
성연 무슨 사고?
주민 차에…
성연 많이 다쳤대?

성연, 주민의 전화를 뺏어 받는다.

성연 여보세요? 현희씨. 나예요.
주민 성연아.
성연 … 얼마나 다쳤어요? 병원이에요?

사이.
성연, 건너오는 말을 듣는다.
그리고, 전화를 끊는다.

주민 성연아···
성연 ···
주민 ···

주민, 성연의 손을 잡는다.
사이.

성연 (멍한 채로) 들어가자. 시간 됐잖아. 들어가자.
주민 ··· 괜찮겠어? 안 가봐도···

성연, 특강이 있을 강의실로 들어가려다가
주저앉아 운다.

- 21 -

며칠 뒤.
병원 근처 어느 곳.

주민   장례식은…?
성연   (고개를 젓는다)
주민   … 뭐라고 했어? 아까 경찰이 관계 물어보는 거 같던데.
성연   … 나 일 그만두려고.
주민   …
성연   우리도 이제 그만 보자.
주민   …
성연   그게 좋을 거 같아.
주민   꼭 그래야 돼? 시간 지나면 다 괜찮아질 거야.
성연   그럴 거 같지가 않아.
주민   그래도… 새로 시작해야지. 그런 거 다 잊고, 덮으면 그만이야. 별 거 아니야.
성연   오빤 진짜 괜찮아?
주민   (성연에게) 진짜… (자기 자신에게 반복하는) 진짜.
성연   어떻게 그래?
주민   (동의를 구하듯) 뭔갈 원할 땐 죄를 지을 수밖에 없는 거니까….
성연   (웃어넘기며) 뭐 죄 지었어?
주민   … 무슨.

사이.

성연　오빠.
주민　…
성연　그 동안 내가 그 여자 이야기 많이 했잖아. 그치.
주민　…
성연　나 그 여자에 대해 안다고 생각했거든.
주민　…
성연　내가 그날 경찰에 신고를 할 때도, 한 치의 의심도 안 했어. 옳은 일이었다고 생각했어.
주민　… 옳은 일이었잖아. 그때는.
성연　나 혼자에게만, 옳은 일이었지. … 이제야 그 여자를 조금 알 것 같아. 그 여자가 이런 마음이었겠구나. 이랬겠구나.

사이.
주민, 마음이 불편한 표정.

성연　일어날까.
주민　성연아.
성연　응?
주민　나는 그런 거 잘해. 알면서 모른 척하는 거.
성연　무슨 말이야?
주민　아무 일도 없었던 것처럼 지낼 수 있다고. 우리.

성연, 고개를 젓는다.
성연　난 안 돼.

주민　성연아.
성연　못해. 가, 가자.

성연, 일어난다.
주민도 어쩔 수 없이 일어난다.
주민, 성연을 한번 끌어안는다.

주민　연락해. 기다릴 거야.
성연　…

주민, 먼저 돌아서 간다.
성연도 몸을 돌려 반대편으로 나가려다가
방향을 잃은 사람처럼 잠시 서성이다가
다시 자리에 앉는다.

[끝]

"네가 진짜로 아느냐"는 서늘한 질문
- 최보영 작가 인터뷰 -

글 김윤영

자신도 모르는 사이, 절벽처럼 위태로운 곳에 서게 된 두 여자가 있다. 그 여자(들)의 이야기는 우리에게 '당신이 믿어온 것, 그리고 그 믿음에 따라 판단해온 것'이 정말로 그렇게 단단한 땅인지 서늘하게 묻는다. 최보영 작가는 이 서늘한 질문이 희석되지 않은 채 관객에게 그대로 감각되길 바라며 금기를 깨는 이야기를 무대에 올린다. <그 여자 이야기> 초연[1]을 4주 정도 앞둔 2022년 12월 2일, 최보영 작가를 만나 이 도전에 대한 이야기를 나누었다.

얼마 전 <그 여자 이야기> 희곡을 탈고하고, 연습실에서 배우들을 통해 생생한 인물들의 이야기로 살아나는 과정을 보며 어떤 생각을 하고 계신가요?
지금 연습은 사실상 초반인 것 같아요. 테이블 작업을 하다가 배우들이 일어서서 움직이기 시작한 지 얼마 안 됐고요, 대사의 서브 텍스트(sub-text)를 찾는 과정 중에 있어요. 이 작품에선 대사 자체는 일상적인 말들인데 그 안에 일상적이지 않은 마음의

---

[1] 2022.12.30.~2023.01.08.

움직임들이 있거든요. 오늘도 연습을 보고 왔는데 몇몇 순간에 배우들이 제가 생각한 눈빛과 톤으로 대사를 던져서 놀랐어요. 연습에 참여하다 보니 희곡에 지문을 잘 써야겠다는 생각이 들더라고요. 원래 저는 지문을 많이 쓰는 편이 아니기도 하고, 여러 번 작업한 이인수 연출님에 대한 신뢰감이 생겨서 자세히 설명하지 않아도 잘 알 거라는 생각에 지문을 덜 적었거든요. 가끔은 희곡을 쓰면서 이미 연출님이 뭐라고 해석할지 귀에 들리는 것 같아요. '내가 이렇게 쓰면 연출님이 배우들한테 이렇게 설명해줄 거야.' 그래서 더 확 믿고 가는 것도 있고요. 작품마다 차이가 있는데, 어떤 작품은 구체적 지문이 배우들에게 방해가 되기두 하고 어떤 작품은 좀 더 섬세힌 설명이 필요한 거 같아요. 그리고 이번 것은 지문이 좀 더 많이 필요했던 거 같고요. 그래서 대본집으로 출판할 때는 지문을 좀 더 넣어야겠다고 생각하고 있어요.

이 작품은 우리의 믿음, 판단, 윤리에 대해 질문을 던지기 위해서 안전한 길 대신 위험하고 과감한 길을 선택하고 있는 것 같아요. 작가로서 용기가 필요했을 것 같습니다.
네. 희곡 쓰면서 무서웠어요. 그런데 뭔가 회피하면서 쓰려고 하니까 작품 매력이 없어지더라고요. '별 게 아닌 게 되는' 느낌이었어요. 저는 어떤 윤리적 경계나 도덕성에 확고한 기준이 있는 것이 아니고 사랑도 자로 잴 수 있는 개념이 아니라고 생각해요. 근데 사람들의 판단은 또 너무 빠르거든요. 빠르게 판단하고 비난하죠. 그런 분위기에 반대되는 어떤 말을 해보고 싶었어요. 근데 그걸 에둘러 하자니 하나 마나 한 이야기가 되더라고요. 오히려 비겁해지는 느낌도 있고요. 물론 이 작품이 제 의도와 다르게 해석되거나 일부만 보고 비난하는 사람들이 있을까 봐 무서웠어요. 자기검열도 많이 했는데, 일부러 자기검열을 하지 말자고 생각하고 한번 용기를 내니 시놉시스와 인물관계를 만들게 되더라고요. 뭔가 피해 가려고 할수록 희석되는 것 같아서 결국에는 이렇게 선택을 할 수밖에 없었던 것 같아요.

제일 고민했던 부분이 어떤 부분인가요?
근친상간이요. 미성년자와 성인의 관계도 그렇고요. 물론 미성년자는 극중에서 성인으로 넘어가니까 경계에 있는 설정이죠. 저는 이 두 가지 중에 나이에 관한 금기는 역사적으로 좀 더 최근의 금기라고 생각해요. 근데 근친상간은 훨씬 옛날부터 금기시되던 것이라 이게 더 넘어가기 어려웠어요. 그 점에서 저도 어떤 장면을 쓸 때는 좀 속이 미식거리기도 했고요. 사실 저는 이 이야기도 결말은 좀 보수적으로 끝냈다고 생각해요. 주인공이 이어지지 않았으니까요.

근친상간의 소재도 그렇지만 '무언가를 안다는 것'에 대해 질문한다는 점에서 그리스 비극 <오이디푸스>를 떠올리게 합니다. 처음부터 오이디푸스를 레퍼런스로 삼으신 걸까요?
처음부터는 아니었는데, 쓰다가 오이디푸스의 이미지가 떠올랐어요. 저는 이야기를 구상할 때 인물 관계와 인물의 전사(前事), 그리고 이 이야기에서 인물이 어떤 과정을 거쳐 뭘 깨닫게 할까 이런 걸 중심으로 접근하거든요. 그래서 인물 관계도와 시놉시스를 썼을 땐 오이디푸스가 떠오르진 않았는데, 막상 대사를 쓰면서 이야기를 쌓다 보니까 중간에 떠올랐어요. 3분의 2정도 썼을 때 캐스팅을 위해서 대본을 배우들에게 보내야 했거든요. 그때는 그런 이미지가 읽히는지 궁금했어요. 따로 말하지 않았는데도 남수현 배우님이 그렇게 읽어주더라고요.

오이디푸스처럼 신화적 크기를 가진 이야기로서 접근할 때, 성연이라는 인물은 현대의 어떤 인간형을 대변하는 인물일까요?

욕망하는 인간이죠. 그리고 미숙한 인간. 그런데 그걸 자기가 모르는. 사실 '누구나'가 될 수 있는 인물이라고 생각해요. 우리는 지금도 끊임없이 깨닫고, 이전의 것을 지워내고 새로 채워내고 있으니까요.

그렇다면 주민은 어떤 인간형을 대변하는 인물일까요?

성연과 기윤은 '앎'과 '모름'의 상태가 투명한데, 주민은 어떤 시점부터 알고 있지만 자신이 알고 있다는 사실을 속여요. 또 나중엔 자기는 알면서도 아무렇지 않을 수 있다고도 말해요. '나 모른 척 할 수 있어. 그거 시간 지나면 아무것도 아니야.' 이렇게요. 하지만 인간이 이미 아는 사실은 돌이킬 수 없고 모르는 것으로 만들 순 없죠. 우리가 뭔가를 모른 척하려고 해도 이미 나를 뚫고 간 것은 그냥 덮어지는 게 아니잖아요. 주민은 착각하고 있는 거죠. 만약에 이 이야기에 2편이 있고 성연이 주민한테 갔다면? 주민은 덮어놓고 살 수 있을 것이라 생각하지만 절대 덮을 수 없을 거예요. 심지어 자신이 유전자 검사를 거짓 의뢰하는 잘못을 했지만, 그것도 상황을 되돌려놓으면 괜찮을 거라고 믿어요. 그렇게 믿고 싶어 해요. 그래서 어쩌면 그렇게 할 수 있다고 자기 자신을 속이는 걸지도 모르죠. 주민은 그런 면에서 인간의 오만한 면을 보여주기도 하지만, 한편으론 또 그래야만 살 수 있는 허약한 인간이기도 하죠.

역시 주민은 14장에서 성연과 기윤의 관계를 모두 알고 찾아왔던 건가요?
네. 성연과 기윤이 뭔가를 하는 걸 봤겠죠. 유전자 검사 때문에 둘이 결국 이렇게 됐을 수도 있으니 그걸 돌려놓으려고 온 거죠. 또 한편으로는 성연과의 관계도 되돌리고 싶고요. 그러니까 계속 '너 유전자 검사 다시 해야 돼. 해야 돼. 안 할 거야? 내가 모르는 게 뭔데?' 하고 도발하면서 성연을 자기가 원하는 방향으로 끌고 오려고 하죠. 근데 또 두 사람 관계를 자신이 알고 있다는 걸 들키고 싶어 하진 않아요. 그래서 그 말이 나오려고 하면 자기 할 말을 해버리고 말을 돌리거든요. 나중에 기윤이가 "형도 모르는 게 있어요."라고 할 때도 "내가 모르는 거?"라며 거만하게 굴면서도 기윤이가 정말 말하려고 하면 다른 얘기를 꺼내죠.

마지막에 모든 사실을 마주한 기윤이 자신이 겪은 일을 이해하기 위한 시간을 달라고 요구하는데요. 결국 기윤의 죽음을 선택하신 이유가 있을까요?
기윤이 죽은 이유는 자기 내부에서 느끼는 절망감 같은 것도 있겠지만, 이야기의 의미적으로 봤을 때도 성연이가 도덕적, 사회적 시선을 의식한 선택을 함으로써 기윤이 죽게 되는 이야기로 만들고 싶었어요. 기윤의 말처럼 성연이 다 버리고 함께 도망갔다면 기윤은 안 죽었을 수도 있죠. 근데 성연이는 내려놓지 못했고, 또 심지어 시간조차 주지 않았어요. 그랬기 때문에 기윤이가 죽게 되었다는 설정이 의미적으로 필요했어요.

이 이야기 이후의 성연의 삶은 어떤 모습일까요?
이 질문은 계속 고민하게 만드는데요. 원래는 성연이가 나중에 죽을 수 있다고 생각했어요. 어쨌든 자기가 믿었던 세상이 무너졌고, 평생 비난했던 여자와 같은 입장이 된 거니까요. 하지만, 다시 생각해보니 역시 죽지 않고 살고 있을 것 같아요. 혼자 있을 때 괴로워하고, 내면은 폐허여도, 겉으로 보긴 평범하게. 잘 사는 것처럼 보였을 것 같아요.

제목의 의미도 궁금합니다. '그 여자 이야기'라는 제목은 내용을 쉽게 짐작하기 힘든 중립적인 제목인 것 같아요.
어떤 작품은 제목부터 딱 정해지는데 이 작품은 제목을 못 찾겠더라고요. '인물의 이름으로 해야 하나?' '주제가 확 느껴지게 해야 하나?' 그런 고민을 하면서 우선 가제로 <더러운 피>를 정했어요. "더러운 피"는 대사에서 나오기도 하죠. 중간에는 <달의 뒷면>이라는 제목도 고려했었는데요. 우리가 볼 수 없는 것에 대한 상징이기도 하고, 무난한 제목이었던 것 같아요. 그러다 나중에 "그 여자 어쩌고저쩌고"하는 대사를 쓰면서 <그 여자 이야기>라는 제목이 떠올랐어요. 이 이야기가 그 여자, 즉 오은주(기윤의 엄마)를 알아가는 과정이기도 하잖아요. 성연의 입장에서도 그렇고, 기윤도 엄마에 대한 정보가 없으니 마찬가지고요. 관객들도 그 여자의 과거와 사연에 대해서 알아가게 되고요. '그 여자'가 오은주와 성연, 두 사람을 중의적으로 의미할 수 있어서 이 제목이 맞는다는 생각이 들었어요.

지금까지의 연습 과정에서 기억에 남는 순간들이 있었나요?

첫 연습 때였나 연출님이 한 얘기가 참 좋았어요. '이 작품을 읽고 나면 겸허해진다'고 하더라고요. 근데 제가 관객이 느끼길 바라는 게 그 정서인 것 같거든요. 겸허해지는 느낌. 사람들이 그렇게 쉽게 뭔가를 판단하고, 빠르게 결정하고, 빠르게 비난하고, 또 자기의 주장을 더 확고히 하기 위해서 고집을 부리고, 치우친 쪽으로만 단단해지고 그런 게 정말 불편하거든요. 그런 의미에서 연출님이 이 작품을 읽으면 겸허해진다고 한 게 정말 좋았어요. 그전까지 '관객들 마음이 뭔가 서늘했으면 좋겠다.' 이런 느낌을 갖고 있었는데 연출님이 그 얘길 하니까 '맞아, 저 말이야!' 하고 찾아주는 느낌이었어요.

그리고 테이블 작업 때 여러 질문이 오가다가 한 배우님이 "성연도 착한 인물은 아니네요?" 라고 물었는데 그 말도 인상적이었어요. 주인공은 일반적으로 순수하거나 선량한 피해자 등으로 설정해서 관객이 동화되기 쉽도록 하잖아요. 근데 이 작품은 그렇지 않아요. 주인공이 순수하지도 않고 선량하지도 않아요. 다른 인물들도 그렇고. 전 이게 복합적인 욕망을 지닌 현대적 인물이라고 생각하는 거 같아요.

창작 과정에서 제일 쓰기 힘들었던 장면은 무엇인가요?

기윤과 성연이 섹스하는 장면이요. 제가 상상한 건 좀 더 딥(deep)하고 원초적인 느낌의 스킨십인데요. 대본에 지문은 완곡하게 '이곳저곳'이라고 써놓고 연출님한테는 "이곳저곳이 '더 그런 곳'이다"라고 얘기했어요. 연출님은 그냥 대본에 써도 될 것 같다고 했는데 막상 글자로는 못 쓰겠더라고요. 이런 것도 일종의 자기검열이거나 보수적인 교육의 산물인 것 같아요.

무대에 올랐을 때 가장 기대되는 장면이 있나요?

제가 좋아하는 장면은 성연이 진실을 알고 토하는 장면이거든요. 처음엔 그냥 바로 토한다고 썼는데, 생각해보니 즉각적으로 토하는 건 제가 말하려는 바와는 다른 것 같더라고요. 시간차를 두고 토하는 걸로 수정했어요. 인식과 생리학적 반응이 시간차가 있는 거죠. 예를 들어 우리가 진짜 못 먹겠다고 생각하는 어떤 게 다른 문화에선 음식이기도 하잖아요. 그걸 못 먹겠다고 생각하는 건 사실 우리가 그걸 그렇게 인식하고 있어서죠. 그것처럼 기윤이 조카라는 사실이 성연에게 확 인식이 되는데 시간이 필요했어요. 바로 토하면 너무나 당연한 인간적인 본능적으로 토하는 것 같지만, 이긴 본능의 문제가 아니니까요.

이 공연의 관객들의 마음에 어떤 이미지 혹은 어떤 문장을 남기고 싶으신가요?

겸허함이요. 근데 정말 끝까지 계속 어려웠어요. '우리가 뭘 아느냐'라는 질문을 던지고 있지만, 그 질문이 때로 나쁜 행동에 대한 면죄부를 주는 것처럼 쓰일 수도 있잖아요. 그냥 그게 여전히 어려웠어요. 어쨌든 이야기의 끝에 겸허한 마음이 남았으면 좋겠어요. 그리고 뭔가 절벽에 서 있는 것처럼 무서운 느낌. 그래서 누구나 자기 확신을 좀 두려워했으면 좋겠다고 생각했어요.

작가님에게는 희곡을 써서 연극 무대에 올린다는 것이 어떤 의미인가요?

데뷔작인 <채상 하나씨>(2012) 공연 때는 제가 스물네 살이었는데 연극을 하는 게 여행을 하는 것 같았어요. 스스로 뭘 쓴지도 잘 모를 때였고, 신기하고 설레서 그냥 연습실에 매일 갔어요. 매일 가다 보니 많이 배우기도 했는데요, 특히 연출가와 배우들이 제 대본으로 소통하는 것을 보니까 제가 미처 생각지 못했던 게 많아서 부끄럽고 민망하더라고요. 예를 들어 '이 인물이 대사를 하고 있을 때 다른 인물들은 뭘 하고 있을까?' 같은 것들이요. 그때 하나하나 배워서 그다음 작업에 반영해보고 했어요. 그 공연 때 많이 배웠고, 그때 배운 게 또 족쇄가 되기도 했고요. 작가가 인물을 다 책임져야 한다고 생각하니까 인물이 아주 많이 나오는 극은 못 쓰겠더라고요.

지금은 연극이 여행 같은 느낌은 없지만 누가 제 작품을 읽거나 봤을 때 어떻게 봤는지 묻고 반응을 듣는 게 너무 재미있어요. 1차는 연출가와 배우들, 2차는 관객 피드백이죠. 이런 과정이 나르시시즘일 수도 있지만, 어쨌든 그렇게 '나를 확인하는 과정'이 재밌어요. 소설은 면대면의 피드백이 바로 오지 않는 편이잖아요. 연극은 면대면의 피드백이 즉각적이어서 더 좋아요. 또 제가 수수께끼를 만드는 사람인 것 같은 느낌도 좋아요. 그 수수께끼를 만들어 놓고 나중에 저도 답을 또 같이 또 찾아야 하거든요. 그게 정말 재미있어요.

희곡을 쓸 때 어떤 방식으로 착상하는지, 혹은 소재를 어떻게 찾는지 궁금해요.

작품 한 편이 끝나고 나니까 또 모르겠어요. 그냥 일상에서 찾는 것 같아요. 예를 들어서 길을 가는데 앞서가는 어떤 할아버지가 걸으면서 계속 뒤를 쳐다봐요. '도대체 왜지?' 그런 데서 연극적인 아이디어가 오는 것 같아요.

글과무대에서 공동창작 작업과 개인 작업을 병행하고 있는데요. 두 가지가 어떻게 다른가요?

공동 창작은 마음의 부담이 덜 해요. 같이 얘기해줄 수 있는 사람이 있다는 것도 좋고요. 이미 그 세계 안에 빠져들어 있으니까 비슷한 지점에서 바로 알아듣고 조언해 줄 수 있고요. 또 착상 단계의 회의부터 함께하다가 나중에 결과물을 보면 과정과 결과가 비교되면서 다른 사람이 어떻게 쓰는지도 배울 수 있어서 좋아요. '저 사람은 이걸 말하기 위해 이런 표현을 선택하는구나.' 하는 거요. 그리고 든든하고요.

개인 작업은 온전히 내 것을 할 수 있다는 게 장점이에요. 그리고 깊어질 수 있다는 것. 공동창작을 하면 수제적으로 깊어지긴 어려운 것 같아요. 작가들이 각자 뭔가를 갖고 있으니까 내 것만 깊게 갈 수도 없잖아요. 그래서 혼자 작업하는 게 깊은 우물을 파는 거라면, 공동창작은 여러 개의 웅덩이를 함께 만드는 거예요. 대신 개인 작업의 단점은 물어볼 사람이 없고 나 혼자 해야 한다는 것. 어차피 내 머릿속에만 있는 걸 남에게 물어봐도 도움은 안 되더라고요.

스스로 나는 어떠한 작가라고 정의를 내린다면 어떤 작가인가요?

인터뷰하다 보니까 '인물에 집중하는 작가'인 것 같아요. 아까 말했듯이 제가 인물이 아주 많이 나오는 극은 안 쓰게 되는데요, 장점이 있다면 인물의 밀도가 더 생기는 것 같아요. 저는 글을 쓸 때 인간을 좀 깊이 들여다보게 되는 것 같아요. 인간에 대한 이야기밖엔 생각이 잘 안 나요.

또 하나 생각해본 답은 '나를 통해서만 세상을 보는 작가'였어요. 저는 간접 경험이든 직접 경험이든 제가 느껴보지 못한 것에 대해선 쓸 수가 없어요. 누가 어떤 소재나 이야기를 의뢰하더라도 거기서 내가 연결되는 지점을 찾지 않으면 쓰지 못하는 거죠. 그래서 이야기에 기술적으로 접근하는 게 잘 안되는 작가인데 최근에는 기술적으로 접근해보려고 연습해보고 있어요.

작가로서 가지고 있는 최종 목표가 무엇인가요?
우선 단기적으로는 <그 여자 이야기>가 초연으로 그치지 않고 재연까지 될 수 있었으면 좋겠어요. 재연을 한다는 건 반응이 괜찮았다는 뜻이기도 하니까요. 장기적으로는 생계를 꾸리면서 계속 쓸 수 있는 환경이 유지됐으면 좋겠어요. 지금 이 정도만 계속 유지되어도 저는 좋아요.

글과무대 희곡집 시리즈 03
그 여자 이야기

지은이	최보영
구성	신승빈
디자인	김은정
펴낸곳	우주먼지

ISBN   979-11-967806-5-4

12,500원

* 이 책의 저작권은 저자에게 있습니다. 저작권법에 의해 보호되는 저작물이므로 무단 전재와 무단 복제를 금합니다.